W0303006

Abel se baigne

À Abel et son tonton Titou,
vive la mer !
M.

À Noah & Eliott.
A. B.

www.flammarion-jeunesse.fr

Éditions Flammarion – 87, quai Panhard-et-Levassor – 75647 Paris Cedex 13
ISBN : 9782080279255 – N° d'édition : L.01EJEN002039.N001
Dépôt légal : juin 2022
Imprimé en Espagne par Liberdúplex – avril 2022
Loi n° 49-956 du 16 juillet 1949 sur les publications destinées à la jeunesse.

Abel se baigne

Texte de
Magdalena

Illustrations de
Aurélie Abolivier

CASTOR POCHE

Tonton Ben
Abel

Je joue pour bien lire

1 J'écris le b.

2 J'entoure les B / b / b.

P b h b b l d B D p k

3 Les ballons des syllabes.

Lis les syllabes

à voix haute.

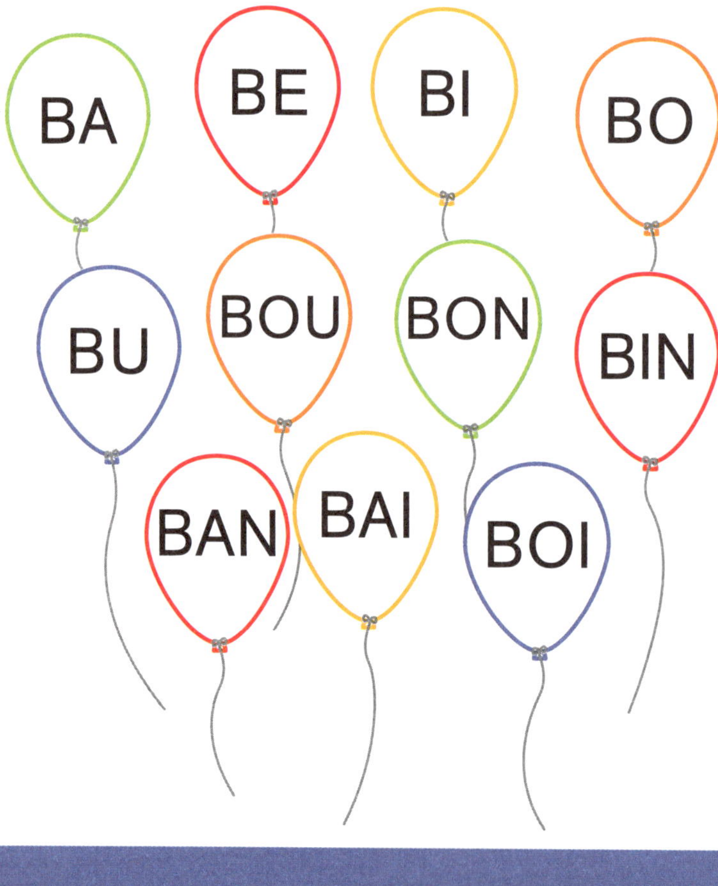

4 **Regarde** chaque dessin.

Dis le mot à voix haute.

Entends-tu le son [b]

au début, au milieu

ou à la fin du mot ?

a. 

c. 

b. 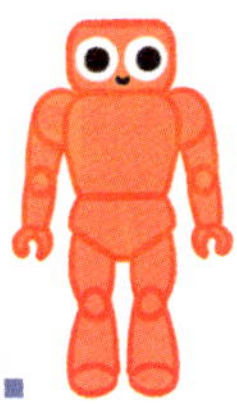

d. 

e. 

Réponses : a. au début ; b. au milieu ; c. au début et au milieu ; d. à la fin ; e. au début.

Abel est en vacances

avec Tonton Ben.

« C'est beau,

la Bretagne ! » dit Abel.

De bon matin,

Abel a mis son maillot

de bain.

Il porte des brassards.

Abel dit :

« C'est bon, je suis prêt.

– Tu oublies ton bob ! »

dit Tonton Ben.

Dans l'eau, Abel bouge

ses bras. Il dit :

« Regarde, je nage !

– Tu barbotes bien »,

répond Tonton Ben.

Abel et Tonton Ben

s'amusent beaucoup

au bord de l'eau.

Ils se baignent

et ils font les imbéciles.

Tous les jours,

ils se baignent.

Et ils jouent au ballon.

Abel crie :

« But ! »

Tous les jours,

ils se baignent.

Et ils regardent

les bateaux.

Abel crie :

« À l'abordage ! »

Tous les jours,

ils se baignent.

Et ils font des châteaux

de sable.

Tonton Ben dit :

« Bravo ! »

À la fin des vacances,

Abel ne porte plus

de brassards.

Tonton Ben lui a appris

à nager.

Abel est fier.

Pour faire le beau,

il bombe ses biscotos.

Je joue pour bien comprendre

1 **Regarde** bien les images.

Laquelle est la bonne ?

a. 

b. 

c. 

Réponse : a.

2 **Trouve** l'image qui correspond à la réponse.

a. Qui crie « À l'abordage ! » ?

 ou 

b. Que regardent Abel et Tonton Ben ?

 ou 

Réponses : a. Abel ; b. un bateau.

Retrouve les histoires de **Je rentre en CP** pour apprendre à déchiffrer de nouveaux sons.

L'anniversaire de Max

Lili et la souris

Un bisou pour Nour

Sacha joue à cache-cache

Zoé fait du vélo

Jules au musée

Le ballon de Manon

La danse d'Antoine

Éloi joue dans les bois

Rose et le roi Médor

Le jardin de Gabin

En classe, Sara !

L'été de Léna

Abel se baigne

Découvre la collection **Je suis en CP** pour continuer ton apprentissage de la lecture.

NIVEAU 1
Je commence à lire

C'est la rentrée !

Dispute à la récré

Le nouveau

C'est l'automne !

Alerte aux poux !

La fête à la cantine

Journée à la ferme

Un chien à l'école

Il neige !

Noël à l'école !

Jaloux !

La galette des reines

Je suis en CP

Pédagogie Montessori

Mieux apprendre grâce aux neurosciences dans le respect du rythme de chaque enfant.

Une méthode de lecture, une méthode d'écriture

et 6 cahiers d'apprentissage